中嶋鬼谷

句集

茫々

深夜叢書社

茫々　目次

装丁　高林昭太

句集

茫々

中嶋鬼谷

ハモニカ

■二〇〇五年前後

読初は月夜にボタン拾ふ詩

囀や枕のくぼみ揺り均し

土筆出づ早瀬のひびき力とし

濡れ重る幟や峡の春祭

吉野・飛鳥　四句

若草や吉野へ傾ぐ道しるべ

蔵王堂花の吉野の臍のごと

天をさす指先乾き甘茶佛

菜の花や傷に安らぐ飛鳥佛

中ツ瀬を流れ急ぎの花筏
やはらかに泳ぎはじめし鯉のぼり

リスト弾く小指するどき若葉風

青梅雨や衣嚢に重き小銭入

うすうすと星のさみどり梅雨明ける

ゆきずりのテレビの青も夜の秋

暇ゆく人あり秋に入りにけり

かなかなや透明なもの森に満ち

秋日没る祭のごとき楢林

佐渡　二句

蝦腰の世阿弥思へりいなびかり

まほろばの島稲の波おけさ柿

海溝へ傾ぐ島国鳥渡る

熊の出る話柿皮干しながら

■二〇〇六年

つかのまの人類として耕せる

かがやきの芯に日輪あたたかし

ハモニカに埃のにほひ桃の花

猫の子の頭重しと鳴きにけり

鹿の子の驚きの目が葉隠に

偵察の蜂の来てゐる昼寝覚

籐椅子や〈倚りかからず〉の詩人亡く

琵琶湖　四句

さすらひの旅の唄あり湖の夏

かたつむり丁子屋に灯のともる頃

みづうみの水の減りゆく螢かな

箸置や川鵜撃たるる話など

半月の力増したる茸飯

穂芒のをさなき紅を浮かべけり

信号の赤の親しき夜霧かな

ききちちの遠く飛びたる日暮かな

家ごとに鏡光るか稲光

流星の幾すぢ消えし蒲団かな

霜の枝拾ふや土に枝の跡

北風のやみて斜めの雲ばかり

転輾手枯野へ向けて転輾す

日の暮の白くなりたる雪だるま

氷柱しづく人差指に流しけり

明石

■二〇〇七年

雪解川たぎりし後のうすみどり

春の塵流れ消えゆく誰が去りし

朧夜のねぢり捨てたる稿軋る
裏庭へ移る鶏声よなぐもり

白根草夜深く水を上げにけり

陶《すゑ》窯《がま》の罅よりけむり山つつじ

初夏の海流は風魚は鳥

更衣この星熱くなりにけり

オオ！ブレネリ草原へ投げ夏帽子

黒松の梢に雨ふる洗膾かな

ともしびの明石に水を打つ女

夏川の洲に棲む男唄ひをり

三伏の鴉渦巻く都かな

雨音の夜に入りたる黄金虫

鶏頭や横寝の子規に数へ癖

拙き句このごろ好きに鬼貫忌

湖のまばゆき秋の佛たち
あきらかに虫の音ひとつ加はりぬ

故郷の恩師

秋草にしづかに老いてをられけり

帰らむか落葉松の末冷ゆるころ

白日の林枯れゆくにほひかな

親鸞忌深海の魚灯をともし

■二〇〇八年

呆然と阿Qたたずむ読み初め

末黒野にしづくのごとき星一つ

書架に厚き北斎を抜き春の風邪

羽ぶきして巣箱に入りぬ雨の鳥

歳月やはこべらの道父母が去り

巣箱から小鳥の顔や風の山

母と子を風の囲める蓬原

田返しの土の光の中に人

父母の亡き故国にお辞儀春の風

涅槃西風抱卵の鶏目をつむり

揺りやみて夕闇籠る牡丹かな

巣立ちたる巣箱に淡き穴ひとつ

裏山に風出てきたり笹粽

乳こぼしつつ無花果を摘みにけり

山の曳く影より小鳥燦燦と
こゑ止んで梨剝く音のしてゐたり

日翳ると何かうつむく芒原

ひつぱたく唄もありけり十日夜

ボージョレ解禁止り木に眠る人

粗朶の火に生木のきほひ牡丹鍋

恵比須講蛭子育てし島人よ

行暮の落葉のひまに水光り

遠き沼

■二〇〇九年

読初の一茶十ほど屁を捨てに

十五年続きし「雁坂俳句会」を閉づ

丑年の牛の歩みの年迎ふ

湖北へ旅　八句

湖に沿ふ街道光る雨水かな

渡岸寺　十一面観音

みほとけの裳裾孕める春北風

しだれ木のしづくのごとき芽吹かな

菅浦

雪解道熄みしところに隠れ里

ここよりは跣詣や木の芽風

風光る神のきざはし蹠にし

さざなみの比良の残雪遠く見て
蕗の花みづうみ揺れてゐたりけり

雲の上まぶしからむに鳥雲に

沖を船ゆきしかうねる春の鴨

恐龍の末裔として囀れる

箱眼鏡鮎の真顔の過りけり

潮風にシャッター錆びし夏至の街
わが廃家ありし昼顔咲くあたり

白骨か砂か沖縄慰霊の日

放ちたるてんたう虫が指の上

祈り終へし影が揺らぎぬぬ敗戦日

はらはらと遠き稲妻手紙書く

追分の右更科は月の里

賞の名に含羞の彼そぞろ寒

十二月三十日　姉久恵逝く

高空を鷹の流るる葬りかな

故山みなうしろ姿や寒三日月

■二〇一〇年

読初の憶良の歌に鵜のこゑ

鳥籠の糞もみどりやうららけし

菜の花や耳の奥まで明るくし

初蝶の羽ぶくともなく流れけり

網走

流氷や文字無き民にあまたの詩

小樽

ともづなに春雪重き多喜二の忌

亡命のこころいつよりいかのぼり

評論集『乾坤有情』上梓

真空を翔る地球に凧あげて

風の渦ゆるび花びら止まりけり

誰呼んでゐる春風に窓を開け

身ほとりのいつしか日暮竹の秋

朽ち舟の中を水ゆく遅日かな

反骨のさびしさにあり時彦忌

＊草間時彦　平成十五年五月二十六日歿　八十三歳

立《たて》版《ばん》古《こ》ムーミン谷の仲間たち

きゆるきゆると茄子摘んでゐる朝かな

お羽黒のふつと消えたる真昼かな

新藁綯ふ縒りの戻りをてのひらに

知床半島　三句

新涼の玄武の神の坐《ま》す岬

季早く過ぎゆく川を鮭のぼる

切岸を海に落ち行く秋の瀧

ひとり居の夜寒の塩を皿に振る

二〇一〇年年九月十五日夕刻、妻、心臓発作で倒れる。救急車にて慶應病院に搬送さる。九月十九日、意識戻り、快方に向かう。医師も驚くほどの恢復ぶり。脳も正常。記憶力すこぶる良し。

十月十九日、妻退院。

妻の手があかりの下にちちろの夜

遠き沼光りぬ寒くなりにけり

遺書

■二〇一一年

透かし見る琥珀に虫や初明

凧負うて少年帰る星の中

刃を研いでゐる牡丹雪降つてゐる

摘草や青空に星ぎつしりと

遠い木に風吹いてゐる雛祭

春塵の水に日輪麩のごとし

津波禍・原発禍

花粉飛ばせ津波に耐へし大杉よ

何時摘みし草かと問はれ蓬餅

春日遅々地球の自転狂へると
深きより揺るる大地よ菫咲く

ずきんずきんと桜前線みちのくへ

被曝原肋骨浮く牛歩む

節電

朧夜の暗き灯に詩は生まれ

二〇一一年六月十日午後一時三十分、「原発さえなければ」
と書き残し、自死せし牛飼あり

板壁に牛飼の遺書やませ吹く

深手負ひし人や国土や夏落葉

メルトダウン燦と無数の蟬の殻

あばたなす裸の月と原発と

みちのくは梟帥《たける》の国ぞ鬼やんま

何か降る真澄みて暗き智恵子の空

中国マネー

案山子翁水源の山買はれしよ

『続日本紀』

秋澄めり古書に「太白昼見ゆ」と

人界の鶴の病にをののける

雪山登攀のカメラマン氏に感嘆す

牡蠣殻のからりと颪のとほたふみ

■二〇一二年

寒晴の空の黒さや手毬唄

蘆牙や田中正造風に立つ

茶毘のごとき野火の煙や国病める

魂呼の昔はありし鳥雲に

面打の木の香にまみれ雪解谷

やはらかき山羊の頭突きや春の草

その先に泉ある道濡れて来し

白南風の鉄橋をゆく鉄の音

東歌防人の歌麦熟るる

坂のぼり終へたる日傘消えにけり

笑顔来る例の麦藁帽子載せ
夜空より風吹きおろす立葵

海へゆく海亀の子や砂まみれ

夜光虫波の形をなせりけり

風景の一隅暗き紫蘇畑

山肌を雲の影ゆく夏休

箱眼鏡うつせみの貌もたげけり

顔既に癋《べし》見《み》のごとし荒神輿

河馬の顔半ば浮きたる溽暑かな

蝗散る音や我が身を抜けてゆく

頭よき俳論に倦み温め酒

水底に舟の影澄む水の秋

みちのくに道いくつ消え翁の忌

風花や放たれし貨車流れゆく

田のかたみ残る枯野となりにけり

ヴィーナスのごとき大根選りにけり

山犬の絶えし寒月小粒なり

透明な地球の影へ冬満月

祈り

■二〇一三年

この星を月離れゆく朧かな

三月を祈りの月として歩む

日本獺絶滅の報あり

獺の魚祭る店閉ぢにけり

万丈の黄塵化して毒と為る

貝寄風の風紋に骨消えにけり

たかが俳人されど俳句よ蝸牛

評伝『峡に忍ぶ―秩父の女流俳人馬場移公子』上梓

白繭や峡に忍びし佳き人よ

漢ありケルンを積みて還らざる

にごり江の夜の底ゆく楸邨忌

合歓の花開き母郷は闇の中

コスモスや裏戸を開けて風の家

幾山の木の実落とすは何法師

露寒の幟褪せたる峠茶屋

てのひらの落穂の霜の溶けにけり

切岸に産土の水つららなす

■二〇一四年

高台の梅花皮《かいらぎ》荒き初点前

去年今年こをろこをろと島生まれ
トルソーの如き並木の芽吹きけり

カミーユの彫刻そよぐ青嵐
銀輪の傾き曲がる桐の花

巻紙に置く水晶や緑さす

ひとすぢの跡白波や鑑真忌

梅雨出水根こそぎの木の立ち上がる

夕晴の木下道や樹雨《きさめ》降る

八つ手の葉なぶりて驟雨去りにけり

ゆらゆらと腹見せて蟹沈みゆく

炎天下透明な火を焚いてをり

酔芙蓉紅さし初むる雨あがり

タクシーの灯して帰る濃霧かな

颪の夜のふつと短き流れ星

ひとり酌む女ふりむく夜寒かな

国吉康雄画「カフェ」

海桐の実踵で下る砂の道

文明のやがては沙漠寒昴

寺焼けて枯野の僧に還りけり

拾得は掃き寒山は焚火守

鎌倉杉本寺

開帳の秘佛しぐれの暗がりに

障子見てをりはらからの死を思ひ

秩父夜祭

屋台囃子零下にどよむ祭かな

年の市電球がゆれ影がゆれ

細枝をこくりと踏んで霜の径

天心は宇宙の闇や木守柿

椅子ふたつ

■二〇一五年

雪嶺の黄金色なす初日かな

月の出の引力に雛飾りけり

燦燦と水の上行く春の水
昼月の青に染みゆく雪解かな

大川を三月の水空襲忌

西行忌花と死の文字相似たり

吹き上がる花びら風の桜の木

雨の中母衣打つ雉の飛沫なす

川曲がるところ輝きつばくらめ

身を縒つて風に目覚めし鯉幟

その中のひとつ止みたり蟬時雨

明月院

踏み減りし石のきざはし月の寺

東慶寺　二句

尼寺に暮しの井戸や小鳥来る

西田幾多郎の墓

露草や混迷の世に欲しき人

燭の火を手風もて消し魂祭

堀田善衛による　四句

虫すだく広場の孤独極まりぬ

稲光ゴヤの巨人の起ちあがる

露霜や路上の人の深頭巾

月明き夜なれば『明月記私抄』繰る
ひそひそと三日月渡る鵙の贄

小春とはさびしき名なり近松忌

一葉忌岐れては道細りゆく

風花のひとひら髪に飾売

故郷の家は谷川縁にありき

川氷る闇裂く音に目覚めけり

崖氷柱しづくしやまぬ母郷かな

■二〇一六年

稜線に木立透きくる初明り

羚羊の糞あたらしき木芽山

一条の光の底に海苔の舟

山藤の山の荒みの花咲けり

面打も面も翁や灯朧

古道に地霊のごとき蟇

巣立鳥両手ひろげて飛びにけり

柿の花踏めばこりりと夕日かな

緑陰に眼鏡つめたく読みゐたり

若沖の白象歩む梅雨月夜

ひとすぢの濁り江浮かぶ五月闇

たぎつ瀬を転げ傷みし青胡桃

初秋のすつくと白き灯台よ

斜めの木斜めに映り沼の秋

曇天の空の端明し渡り鳥

櫟の実睫毛のごとき殼《かく》斗《と》つけ

帰燕仰ぐ球形の海思ひつつ

ニュートリノ降りつぐ新酒酌みにけり

露寒や手細工の竹りりと割り

隠れキリシタン

港江に潜みしチャペル小鳥来る

傍らにをさな子眠る飾売

被曝野の枯木の下に椅子ふたつ
雪しづる杉の参道煙なす

冬霧の奥に白き日空也の忌

雪暗の旅の靴紐固く締め

狼を祀る御山を故郷とし

まつろはぬ人

■二〇一七年

裏庭に風の集ふ樹去年今年

探梅や裾濃に暮るる峡の村

草氷柱草より抜けて流れけり

杣道を人来る春の立ちにけり

原発のあたり灰色鳥帰る

篠藪に至り猛りぬ野焼の火

雪解のずぶ濡れの村通りけり

荒浜に船の朽ちゆく実朝忌

風船の紐の直線乳母車
戸を啓く虫半眼でありぬべし

瀬頭にかかり弾みぬ流し雛

輪島

陽炎に揺れ朝市の婆帰る

ねんごろに土掃いて去り苗木売

水陽炎舳先に映し鰆船

浜昼顔雨の柱が沖に立つ

島を去るラムネの玉を瓶に残し

羨《せん》道の太古の黴のにほひかな

朽船の淦《あか》につがひのみづすまし

燕の子仰げば古りし帘《さかばやし》
吹き過ぎし風の余りを桐一葉

ダム底へ続く道あり水の秋

草莽とふ言葉よかりし龍の玉

大枯野阿弖流為の旗靡く見ゆ

東歌のあかがりの娘を愛しみぬ

惜別の麦一寸に青みたり

■二〇一八年

大氷河海に崩るる夢初め

薄氷は季の剝落流れゆく

足跡の小ささは弾み春の雪

乗り古りし自転車軋む黄砂降る

龍太忌の野の起き伏しを春の道

巣箱見に小鳥来ている風の中

幾人の教へ子逝きぬ鳥雲に

つやめける踏絵の胸乳冴返る

孕鹿腰ゆつくりと立ちにけり

流木の渚に白き遅日かな

花びらの手話の指よりこぼれけり

地層とは時間の屍鳥の恋

西空に強き星ある流し雛

うつむきて泣く小面や若葉冷

濡れそぼつ「カレーの市民」走り梅雨

瀧風に吹かれてをれば濡れにけり

彫り落とす木屑に影や秋灯

島一つ雨に消えゆく一遍忌

田仕舞のけむり谷間を動かざる

白菊や母の遺品の指貫よ

埋火に何か落ちしか煙立つ

毛糸編む窓辺に躰透く女

枯葉舞ふ風棲む庭となりにけり

一八八四年冬、二十二歳の我が祖父「秩父事件」に参加せり

青年あり霜踏み筵旗掲げ

北海道石狩河口の街に潜みし秩父事件の巨魁あり

まつろはぬ人の影立つ冬の砂嘴《さし》

あとがき

二〇〇二年に第二句集を出してから十七年ほど経ち、この句集が上木となる二〇一九年春には私も八十歳となる。傘寿記念に句集を出したらどうかという家族の勧めもあり、第三句集を出すことにした。

十七年という歳月の間に、わが国土は様々な災禍にみまわれたが、中で、忘れてはならないのは原発禍である。

東日本大震災と原発禍をめぐっては数多の詩歌が生まれてきたが、私にとって最も忘れ難い文章は、自死した相馬市の一人の酪農家が堆肥舎の板壁にチョークで書き残した遺書である。

　姉ちゃんには大変　おせわになりました
　長い間　おせわになりました

私の□□をこしました
（□□は本人が消した言葉、「限界」と読める。）

2011・6・10　p.m.1:30
大工さんには保険ですべて支払ってください
原発さえなければと思います
残った酪農家は原発にまけないでがんばって下さい
先立つ不孝を　ごめんなさい

> 仕事をする気力をなくしました

（右の一行は枠で囲んである）
○○さん（酪農家仲間）には　ことばでいえないくらいお世話になりました

（この行に妻とこどもの二人の名前がある）
ごめんなさい　なにもできない　父親でした
仏様の両親にも　もうしわけ　ございません

右の遺書は「原発さえなければ」と題して、後世に読み継がれるべき一編の詩である。

西に峠三吉の詩があれば、東にこの遺書がある。共に「にんげんをかえせ」の叫びである。

俳人は、虚子の提唱した花鳥諷詠によって、自然を美しく詠ってきたが、そこに欠落していたものがあるとすれば、それは自然への畏怖であろう。

人知を超えた自然の不可思議さへの畏れを抱くという、太古からの人々の生き方に深く学んでいたなら、人類は、決して地上に、核分裂による擬似「太陽」を造り出そうなどとは考えなかったろう。

原発事故という国家犯罪は、自然を破壊し、人々から故郷を奪い、家族の団欒を奪い、詩の言葉を翳らせた。

今日の社会にはびこっている金権政治家や経済人、エセ知識人らの文明論は偽ものである。

では、真の文明論とは何か。

「真の文明は山を荒らさず、川を荒らさず、村を破らず、人を殺さざるべし。」

（田中正造　明治四十五年（一九一二）六月十七日の日記）

句集出版に当たっては畏友齋藤愼爾氏の深夜叢書社にお世話になり、帯文と十二句抄出を、すでに海外にまでその名を知られている俊才恩田侑布子氏に、装丁を評論集『乾坤有情』でもお世話になり、私が深く信頼する髙林昭太氏にお願いした。

右の方々、さらに、永年にわたり親交を結んで戴いてきた友人諸賢に、心より御礼申し上げる次第である

二〇一九年　春雪の軽井沢鬼谷山房にて

【著者略歴】

中嶋鬼谷（本名・幸三）　なかじま・きこく

一九三九年四月二十二日、埼玉県秩父郡小鹿野町に生まる。
加藤楸邨に俳句を学ぶ。日本文藝家協会、日本ペンクラブ会員。

●句集

『雁坂』『無著』

●評論・評伝

『加藤楸邨』『乾坤有情』『井上伝蔵　秩父事件と俳句』
『井上伝蔵とその時代』『峡に忍ぶ　秩父の女流俳人馬場移公子』

●現住所

〒一六〇―〇〇一一　東京都新宿区若葉一―二―三

茫《ぼう》々《ぼう》

二〇一九年四月一日　初版第一刷発行

著　者　中嶋鬼谷

発行者　齋藤愼爾

発行所　深夜叢書社
郵便番号一三四―〇〇八七
東京都江戸川区清新町一―一―三四―六〇一
info@shinyasosho.com

印刷・製本　株式会社東京印書館

ISBN978-4-88032-451-7 C0092

落丁・乱丁本は送料小社負担でお取り替えいたします。